AF509746

CATALOGUE

DE

TABLEAUX ORIGINAUX,

MINIATURES,

DESSEINS ET ESTAMPES

SOUS VERRE.

1° M.me de Pompadour

2.e Charpies 10 février 1773

3.e Rousset [illegible]

4° Bailly de la Tour

5.e Charpies [illegible] février [illegible]

6.e Charpies 15 Mars 1773

7.e Monsieur

8.e Charpies par Joaillier
13 février [illegible]

9.e [illegible]

10.e [illegible]

11 [illegible]

12 Charpies [illegible] mars 1773

CATALOGUE

DES

TABLEAUX ORIGINAUX

De différens Maîtres,

MINIATURES,

DESSEINS ET ESTAMPES

SOUS VERRE

DE FEUE

MADAME LA MARQUISE

DE POMPADOUR.

Cette Vente se fera le Lundi 28 Avril 1766, & les jours suivans, trois heures de relevée, grande rue du Fauxbourg S. Honoré.

Le Catalogue se distribue gratis, chez PIERRE REMY, *Peintre, rue Poupée, la deuxième porte cochere à gauche du côté de la rue Haute-Feuille.*

PARIS,

De l'Imprimerie de HÉRISSANT, Imprimeur du Roi, des Cabinet, Maison & Bâtimens de SA MAJESTÉ.

M. DCC. LXVI.

CATALOGUE

DES
TABLEAUX ET ESTAMPES
DE FEUE
MADAME LA MARQUISE
DE POMPADOUR.

TABLEAUX.

*N°. 1. LÉ Bufte de la Vierge enveloppé d'une draperie bleue, peint par *Mancini*. Ce petit Tableau, de forme ovale, peint fur cuivre, vient du Cabinet de M. le Duc de Tallard, N°. 48 du Catalogue. Il eft d'une belle fonte de

A 3

couleur & très-eftimé. Il porte 10 pouces de haut, fur 7 pouces 6 lignes de large, non compris fa bordure fculptée & dorée.

2. Un Tableau original peint fur toile, de 6 pieds 4 pouces de haut, fur 10 pieds 4 pouces de large.

Ce Tableau peut être confidéré comme une des plus riches compofitions de *François Snyders*, qui a, comme tous les Amateurs le favent, excellé dans le genre des animaux, des poiffons, légumes, &c. Il repréfente des poiffons de mer de différentes efpèces, pofés fur une table, par terre, dans un grand baffin de cuivre, & dans un panier, & accrochés à une muraille. Au coin du Tableau, à droite en le regardant de face, un homme de grandeur naturelle, vu à mi-corps, tient un chaudron dans lequel font encore des poiffons qu'il jette dans un baquet. On croit cette figure d'homme peinte par Pierre-Paul Rubens.

3. Un autre Tableau de même grandeur que le précédent, & qui en fait le pendant. On y remarque dans le coin à droite, un homme qui tient une hurre de fanglier, des légumes, différens gibiers & des animaux morts, une chatte qui fe difpofe à manger la tête d'un paon, trois petits chats, dont un tient dans fa gueule un oifeau. Le tout eft placé de façon qu'un objet en fait valoir d'autres, ce qui contribue au mérite de ce Tableau.

4. Un autre Tableau auffi de même grandeur, on y voit une femme affife qui tient fur fes genoux un panier rempli de figues & qui en donne une à un homme tenant un bâton fur une de fes épaules où pend un lièvre dont on n'aperçoit que les pattes. Des fruits, des légumes en grande quantité, enrichiffent ce Tableau.

5. Deux Canards & leurs petits,

un Coq , une Poule , un Paon perché fur la branche d'un arbre. Ces animaux font répréfentés vivans, dans un payfage. Tableau peint par *Boule* des Gobelins , fur une toile de 5 pieds 9 pouces de haut , fur 3 pieds 3 pouces de large , non compris une bordure en bois fculptée fans être dorée.

* 6. Un autre Tableau bordé de même & de pareille hauteur , mais qui porte 3 pieds 11 pouces de large : on y voit un Perroquet , une corbeille avec des fleurs ; des fruits, un vafe , un rideau dans le haut ; de l'architecture & un peu de ciel, font le fond du Tableau.

7. La naiffance de Bacchus & le Jugement de Pâris ; ces deux Tableaux , agréablement compofés , font originaux de *Louis de Boullogne* , ils ont été agrandis pour en faire des deffus-de-portes , & en fupprimant ce qui n'eft pas du

Maître, ils porteront chacun 2
pieds 2 pouces de haut, fur 3 pieds
1 pouce de large.

8. Deux autres Tableaux de *Louis de
Boullogne*, de même grandeur
que les précédens; l'un repréfente
le triomphe d'Amphytrite, & l'autre l'enlèvement de Proferpine.

Jean-Baptiste Oudry.

9. Une Canne & des petits Canards
que la pourfuite d'un barbet blanc
fait jetter à l'eau pendant que le
mâle prend fon vol; le fond de ce
Tableau eft un payfage. Il eft peint
en 1748, fur toile de 5 pieds 9
pouces de haut, fur 3 pieds 11
pouces de large.

10. Des Canards effrayés par un
barbet qui a les oreilles noires, un
Lièvre & une Perdrix font attachés
à un arbre. Ce Tableau porte 5
pieds 8 pouces de haut, fur 3 pieds
un pouce de large.

11. Deux bons Tableaux peints fur toile, & qui portent chacun 4 pieds 4 pouces de haut fur 4 pieds 5 pouces de large. L'un laiffe voir deux Perdrix dans une touffe de bled, & un Chien en arrêt : différens arbres & des montagnes terminent le point de vue. L'autre, un Chien barbet & des Canards, dont un vole au travers de plufieurs rofeaux.

12. Deux Tableaux de même grandeur que ceux de l'article précédent, repréfentant des payfages ; deux Levriers liés enfemble & un Lièvre accroché à un arbre font le fujet d'un Tableau. Deux Chiens de chaffe, deux Lapins deffus un panier, un Faifan, une gibecière & une boîte à poudre compofent le fecond.

13. Un Mâki fur un arbre & un autre à terre. Tableau fur toile de 24 pouces de haut, fur 20 pouces de large.

M. *Boucher*, (*François*) premier *Peintre du Roi.*

14. Deux Tableaux repréſentant le lever & le coucher du ſoleil : le premier, ſous l'emblême d'Apollon qui ſort de la couche de Thétis ; & dans le ſecond, ce même Dieu vient ſe repoſer dans le ſein de cette Divinité des eaux.

La compoſition ingénieuſe, les grâces, & tout ce qui peut contribuer à rendre des morceaux de la première diſtinction, ſe trouvent réunis dans ces deux tableaux. J'ai entendu dire pluſieurs fois par l'Auteur, qu'ils étoient du nombre de ceux dont il étoit le plus ſatisfait. Le jugement d'un Artiſte auſſi modeſte & auſſi peu prévenu de ſes talens que l'eſt M. Boucher, doit être crû ; en outre, les perſonnes éclairées & impartiales les ont jugés de même. Ils ſont peints ſur toile & portent chacun 9 pieds 10 pouces de haut, ſur 8 pieds de large.

A 6

* 15. Un Repos en Egypte. On y remarque ſaint Joſeph qui tient l'âne & qui paſſe à travers d'un chemin où ſe trouvent des pierres proche d'une Caſcade. La beauté & la ſageſſe, ſymbole de la Divinité, ſont caractériſées dans la perſonne de la ſainte Vierge qui eſt aſſiſe tenant un livre ; l'Enfant Jeſus eſt auſſi aſſis un peu plus loin, & le petit S. Jean ſe proſterne à ſes pieds. Un riche payſage & diverſes fabriques ſervent de fond à ce Tableau qui eſt encore un des plus eſtimables de ce Maître, & qui a été trouvé tel dans l'expoſition des Tableaux au Louvre. Il eſt peint ſur toile, & porte 4 pieds 2 pouces de haut, ſur 4 pieds & demi de large.

* 16. Une Nativité. Ce beau Tableau, très-connu par l'expoſition qui en a été faite au Sallon du Louvre, & dont on trouve l'Eſ-

tampe gravée par *E. Feffard*, fous le titre de *la Lumière du monde*, eft peint fur toile, de 5 pieds 4 pouces 9 lignes de haut, fur 3 pieds 11 pouces 6 lignes de large.

17. L'Enfant Jefus qui donne fa bénédiction à faint Jean ; ils font fur des nuées, on y remarque plufieurs têtes de Chérubins. Ce joli tableau eft peint fur une toile de forme ovale, qui porte 18 pouces de haut, fur 16 de large.

18. Terpficore & Polymnie, figures entières de petite nature : chacune de ces Mufes font repréfentées avec un enfant & les attributs qui les caractérifent; les grâces qui diftinguent les Ouvrages de M. *Boucher* font valoir ces deux Tableaux, qui font peints fur toile de forme contournée. Ils portent chacun 3 pieds 5 pouces de haut, fur 4 pieds 6 pouces de large.

19. Deux autres Tableaux de forme ovale ; chacun porte 2 pieds 9 pouces de haut , fur 2 pieds 6 pouces de large ; l'un repréfente la Geographie & l'autre la mufi-que : deux enfans dans chacun de ces Tableaux compofent ces fujets. Ce font encore deux bons Tableaux peints par M. *Boucher.*

20. Des Enfans qui jouent dans une campagne. Ce Tableau eft peint en camaïeux , fur une toile de 3 pieds 5 pouces 9 lignes de haut, fur 4 pieds 10 pouces de large.

M. Pierre , (Jean-Bapt. Marie) Ecuyer , premier Peintre de Monfeigneur le Duc d'Orléans.

21. Deux Tableaux compofés chacun de cinq figures ; dans l'un on remarque une femme qui baife la main d'un Turc , & dans l'autre un Cavalier François qui baife

celle d'une Dame. Ces deux morceaux, agréables & très-intéref-
fans, font peints avec beaucoup
d'art ; ce célèbre artifte s'y eft dif-
tingué. Ils font fur toile, & portent
chacun 3 pieds 5 pouces de haut,
fur 4 pieds 3 pouces de large.

22 & 23. Quatre autres bons Tableaux de M. *Pierre*, repréfentant
des fujets tirés des Métamorpho-
fes ; ils peuvent être vendus enfemble fi on le defire, parcequ'ils
ont été faits pour être placés dans
une même pièce. Ils font fur toile,
& portent chacun 3 pieds 3 pouces
de haut, fur 4 pieds 6 pouces de
large.

24. Zéphire & Flore, avec des A-
mours. Ce Tableau, de forme contournée, eft peint fur toile, de 2
pieds 6 pouces de haut, fur 4 pieds
6 pouces de large.

M. *Bachelier.*

* 25. Joconde qui rentre chez-lui.
Ce sujet, tiré des Fables de la Fontaine, est peint en grisaille sur une toile de 16 pouces & demi de haut, sur 13 pouces 3 lignes de large.

* 26. Le Renard & le Buste, Fable de la Fontaine. Ce Tableau, peint sur toile, porte 4 pieds 4 pouces de haut, sur 3 pieds 3 pouces de large.

27. Deux Tableaux. Le premier représente un jeune garçon habillé en paysan, ayant sa veste déboutonnée, son chapeau rabattu où est attaché une grande plume; il tient de chaque main une baguette pour battre sur deux tambours qui sont posés par terre; il est aussi assis. Le second Tableau fait voir une jeune Paysanne jolie, coëffée en che-

veux ; elle tient un pot de crême au-deſſus d'un panier.

Ces deux morceaux ont de quoi plaire ; & quoique l'Artiſte les ait faits en peu de temps, on y reconnoît ce qui caractériſe l'Artiſte habile. Ils ſont peints ſur toile & portent chacun 4 pieds 1 pouce de haut, ſur 2 pieds 7 pouces 6 lignes de large.

* 28. Deux Tableaux d'égale grandeur, l'un compoſé de grappes de raiſins & d'un morceau de pain placés ſur un livre qui eſt poſé ſur une tablette imitant le marbre porphyre ; l'autre Tableau repréſente un citron, une grappe de raiſins & un bouquet de ceriſes ſur une aſſiette, des pêches à côté, un grand verre & un vaſe de porcelaine. Ces deux Tableaux méritent, dans ce genre, une diſtinction particulière.

* 29. Un beau Coq-faiſan de la Chi-

ne , en Amour ; le fond de ce Tableau eſt un payſage. Il eſt peint ſur toile, & porte 23 pouces de haut , ſur 3 pieds 2 pouces de large.

30. Le Coq-faiſan , argenté, repréſenté auſſi vivant. Il eſt dans un payſage & peint ſur une toile de 2 pieds 8 pouces de haut , ſur 3 pieds & demi de large.

* 31. Deux oiſeaux rares , nommés Chardonnets blancs , perchés ſur le bord de leur nid qui eſt deſſus un chêne. Quatre oiſeaux ſur des branches & un cinquième ſur ſon nid. Ces deux bons Tableaux ſont peints ſur toile. Ils portent chacun 17 pouces 9 lignes de haut , ſur 22 pouces de large.

* 32. Un beau Kataqua , perché ſur la branche d'un chêne. Tableau ſur toile, de 2 pieds 2 pouces de haut , ſur un pied 10 pouces de large.

* 33. Le bouquet de S. Fiacre, ou le
préfent du Jardinier. Ce Tableau,
qui eſt peint ſur une toile de 20
pouces de haut, ſur 17 de large,
repréſente un bouquet de deux
belles roſes, placées deſſus une
brioche qui eſt dans un plat.

* 34. Un très-beau vaſe de fleurs. Ce
Tableau, que nous croyons pou-
voir eſtimer être d'une grande
diſtinction, eſt peint ſur une toile
de 2 pieds 2 pouces 3 lignes de
haut, ſur 21 pouces 2 lignes de
large.

* 35. Un panier rempli de différens
fruits. On y voit un mouchoir qui
eſt en partie poſé ſur une table,
& ſur lequel ſe voient auſſi des
fruits. Ce Tableau eſt très-bien
compoſé; il eſt peint ſur toile, &
porte 17 pouces de haut, ſur 22
de large.

M. Hallé (Noël).

36. Une femme , avec un enfant qui tient une pomme. Ces deux figures font à mi-corps. Ce Tableau , qui eft d'un beau coloris, eft peint fur une toile de 21 pouces de haut, fur 18 de large.

Huet.

37. Deux Tableaux , payfages : dans l'un on voit le Coq-faifan de la Chine , & fa femelle ; & dans l'autre , un Perroquet & divers oifeaux , au nombre de quatorze, fur les branches d'un arbre. Ces Tableaux portent chacun 2 pieds 9 pouces de haut, fur 2 pieds 2 pouces de large.

38. Un Chien. Le fond du tableau eft un payfage : il eft fur toile, de 16 pouces & demi de haut , fur 19 pouces 3 quarts de large. On en trouve l'Eftampe gravée par *E,*

Feſſard, qui a pour titre : *La Conſtance , portrait de Mimi.*

39. Deux autres Tableaux ; l'un repréſente un jardin, & l'autre un
payſage : dans chacun eſt peint un
joli petit Chien.

Dupleſſis.

40. Une fête à Vénus, ou un ſujet du
Temple de Cythère, peint en 1725.
Ce tableau, dont la compoſition
eſt très-riche, eſt ſur toile, qui
porte 13 pieds 9 pouces de large,
ſur 11 pieds 7 pouces de haut.

41. La fontaine de Jouvence. Ce Tableau eſt encore très-richement
compoſé, & de même grandeur
que le précédent.

42. Quatre Zéphirs, qui aſſiſtent
à la toilette d'Amphytrite. Tableau
ſur toile de 11 pieds 4 pouces de
haut, ſur 6 pieds de large.

43. Le char d'Amphytrite, tiré par
des Dauphins, qu'un Amour con-

duit : des Tritons & des Naïades
précedent cette Divinité.

Pierre Paroffel, dit d'Avignon.

44. L'Education de la Vierge. Ce Tableau eft du meilleur pinceau &
du beau coloris de ce Maître. Il
porte 4 pieds 5 pouces de haut,
fur 2 pieds 4 pouces de large. Le
haut eft ceintré.

45. La Vierge, l'Enfant Jefus & S.
Jean; Tableau original d'un Maître
François, de même grandeur &
de même forme que le précédent.

*46. Une fainte Famille d'après *Fran-
çois Mazzuoli* , dit *le Parmefan* ,
peinte fur toile, de 14 pouces de
haut, fur 10 pouces & demi de large. On en trouve l'eftampe gravée
par *Corneille Bloemaert.*

*47. Un Tableau copié d'après *Anni-
bal Carrache.* La fainte Vierge fait
figne du doigt que l'Enfant Jefus
dort. On en trouve l'Eftampe ,

nommée vulgairement *le Silence*, gravée par *Henzelman*.

*48. Notre Seigneur en croix, Tableau fait en tapifferie par *Lanié* en 1744 Il eft ceintré du haut, & porte 3 pieds & demi de haut, fur 2 pieds 5 pouces de large.

*49. Une fainte Famille, d'après *Nicolas Pouffin*. Ce Tableau eft peint fur une toile de 2 pieds 1 pouce de haut, fur 19 pouces de large.

50. Porcie tenant une coupe dans laquelle font les cendres de fon mari. Ce Tableau, qui a du mérite, eft peint fur une toile de 2 pieds 10 pouces 9 lignes de haut, fur 2 pieds 3 pouces de large. Sa forme eft ovale.

51. La Craffeufe, d'après *Rembrandt*, & une fille qui tient une cage d'où eft forti un oifeau, d'après *Louis de Boullogne*. Ces deux Tableaux font fur toile, de forme ovale, & portent chacun 2 pieds 11 pouces

de haut, sur 2 pieds 6 pouces & demi de large.

* 52. Quatre Tableaux représentant les quatre Saisons. Ils sont peints sur toile d'après *M. Boucher*, & portent chacun 23 pouces de haut, sur 2 pieds 3 pouces de large.

* 53. Quatre autres petits Tableaux copiés d'après *M. Boucher*. Chacun porte 16 pouces & demi de haut, sur 13 pouces 3 lignes de large.

*. 54. Un Tableau mouvant : divers objets le rendent très-intéressant. Il est richement bordé.

MINIATURES,

PASTELS ET DESSEINS.

M. Baudouin, Peintre de l'Académie Royale.

*55. Huit sujets du Nouveau Testament, peints en miniature sur vélin, & montés sous glace avec bordures de bronze doré. La composition, le coloris & l'exécution de ces huit morceaux font, en ce genre, ce que l'on peut trouver de mieux, & font honneur à l'Artiste, dont on connoît les talens distingués.

* 56. Un Repos en Egypte, peint en pastel par *Charles Coypel*. Il est sous glace, & porte 22 pouces de haut, sur 27 de large.

* 57. Une Marine. On voit des vaisseaux en mer ; & sur le devant, à gauche, un homme sur un ter-

rein proche les rochers : par *Por-taille*.

* 58. Une autre Miniature du même Artiste, repréfentant une Dame affife fur un canapé ; elle brode, & a proche d'elle une jeune fille.

* 59 La Fricaffeufe, deffinée à la plume par *Jacques Pelletier*, Contrôleur de l'Hôpital Militaire de Phalfbourg, d'après l'Eftampe compofée & gravée par *Corneille Wiffcher*. Ce Deffein eft fait avec une grande intelligence.

* 60. La Mofaïque de la Paleftrine, Deffein coloré.

ESTAMPES

MONTE'ES SOUS VERRE.

Antoine Watteau.

61. Fêtes Vénitiennes , & les agrémens de l'Eté : l'une gravée par *Laurent Cars* , & l'autre par *Joulain.*

62. Le Bosquet de Bacchus, par *C. N. Cochin* ; & les Champs Elisées, par *Tardieu.*

63. L'occupation selon l'âge , par *Dupuis.*

64. Les quatre Saisons , par *de Larmessin, J. Audran, Moirau* & *Brillon.*

65. Le Camp-volant, & le retour de campagne. Ces deux Estampes sont gravées par *N. Cochin.*

66. L'escorte d'Equipage, par *Laurent Cars.*

67. L'Isle de Cythère, par *Larmessin* ; & l'Isle Enchantée, par *J.P. le Bas.*

68. Leçon d'Amour : *Car. Dupuis* sculpsit.
69. La Cascade, par *G. Scotin.*
70. Les Comédiens Italiens : *Bacon* sculp.

Carle Vanloo.

71. Les Arts, en quatre morceaux, gravés par *Et. Feffard.*

M. François Boucher.

72. La Lumière du monde. *E. Feffard*, sculp.
73. L'Amour défarmé, gravé auffi par *E. Feffard.*
74. Les Amours paftorales ; deux pieces gravées par *Cl. Duflos.*

Charles Natoire.

75. Tableau d'Autel de la Chapelle des Enfans-Trouvés, par *Et. Feffard.*
76. La même Eftampe.

77. Amphytrite, d'après *C. Natoire ;*
& Herminie, cachée fous les ar-
mes de Clorinde, d'après *M. Pierre :* ces deux Eſtampes gravées par
Et. Feſſard.

M. Sébaſtien Chardin.

78. Le Négligé, ou Toilette du ma-
tin, gravé par *J. Ph. le Bas ;* & les
Amuſemens de la vie privée, par
L. Surugue.

79. La Mere laborieuſe, & la Gou-
vernante ; toutes deux gravées par
Lepicié.

80. La Pourvoyeuſe, & la Ratiſſeuſe,
auſſi gravées par *Lepicié.*

81. La Blanchiſſeuſe & la Fontaine,
gravées par *C. N. Cochin.*

82. Les Tours de cartes, & le Jeu de
l'oye, gravés par *L. Surugue.*

83. Le *Benedicite,* par *Lepicié.*

84. Une Dame prenant ſon thé ; &
le Château de cartes ; gravées par
Fillœul.

85. Le Toton, le Château de cartes, la Maîtresse d'école ; toutes trois gravées par *Lepicié*.

86. La Récureuse, le Garçon Marchand de vin, & deux autres Estampes.

87. Le Souffleur , par *Lepicié* ; le Peintre & l'Antiquaire, par *P. L. Surugue*.

Différens Maîtres.

88. A Femme avare, Galant escroc, & les Troqueurs. Ces deux Estampes sont gravées par *de Larmessin*, d'après Nicolas Lancret.

89. Frere Luce, d'après le Chevalier Vleughels ; & le Calendrier des Vieillards, d'après François Boucher : toutes deux gravées par *de Larmessin*.

90. Quatrième Fête Flamande, N°. 60. gravée par *J. Ph. le Bas*, d'après David Teniers.

91. Embarquement de vivres, aussi

par *J. Ph. le Bas*, d'après Nicolas
Berghem.

92. La Conſtance, portrait de Mimi,
& la Fidélité, portrait d'Inès; gravées par *Et. Feſſard.*

Eſtampes gravées en manière noire.

93. Un ſujet allégorique. *Simon Voët*,
invenit; *J. Smith*, *ex.* Cette Eſtam-
pe eſt peu commune.

94. Socrate & Xantippe. *J. Smith*;
ex. & la belle Confeſſion, gravée
par *J. Gole.*

95. Les deux Maîtres d'école & la
Maîtreſſe d'école. Ces trois morceaux ſont gravés par *J. Faber*,
d'après Ph. Mercier.

96. Trois ſujets d'enfans, deux d'a-
près Jeaurat, le troiſième d'Ami-
coni; gravés par J. Simon.

97. Un vieillard qui compte de l'ar-
gent. A *Vander Myn fecit*, & la

Coquette, d'après C. Coypel par J. Simon.

98. Les Oies du frère Philippe, d'après Lancret, par *J. Simon*, & deux autres Estampes.

99. Vue de la ville de Bordeaux & de ses promenades du côté du Château-Trompette, & la vue de la porte & place Bourgogne sur le port de la même ville ; toutes deux gravées par *P. Choffard*, d'après le Chevalier de Bassemon.

F I N.